歌集

大女伝説

Matsumura Yuriko

松村由利子

短歌研究社

目次

大女伝説

大女伝説

装幀　加藤恒彦
カバー写真　山西隆則
表紙　地母神　サルディーニア島セノルビ出土
（国立カリアリ考古美術館）

I

クアトロ・ラガッツィ

殉教者さかしまに息絶えしのちバンジージャンプを人は楽しむ

地に墜ちし四羽の鳥の物語　中浦ジュリアン真白き一羽

人間はどこまで残酷クラスター爆弾・地雷・宙吊りの刑

ジョン・レノン中浦ジュリアン清らかな祈りの半ばにて殺されき

リヴァプール生まれの四人も一人ずつ欠けるさみしさ栄華の果てに

古楽器をわわしき今に響かせて少し苦しきピリオド奏法

五百年前の日本よ少年らの風儀美しかりしことなど

パンとチーズ好みたりしか天正の少年使節の素顔を知らず

ゴルゴタの丘の始まり長崎は遣欧使節の出航地なり

大航海時代の野心脈々とインド株式押し上げている

頂点とは悲しき極み信長の天正九年馬揃えの儀

日曜のガーデニングに爪割れぬセミナリオとは苗床のこと

根絶やしという語おそろし草取りをしつつ思えり伴天連《ばてれん》追放令

わたくしを引っくり返せ青黒く蠢くものを見たくはないか

ほしいままハラスメントと迫害を続けし男　豊臣秀吉

婚のことなど国に届けてやるまいと太閤嫌いのわが矜恃なり

均等法なかりし時代の仏教の白々とせり女人結界

ああ沙翁「じゃじゃ馬馴らし」を書きしころ遣欧使節の苦は始まりぬ

魂の翼もがれて生きること痛まし千々石ミゲルの棄教

棄教せしのちの暗みにローマ使節たりし記憶も深く蔵《しま》われ

ころべころべという声聞こゆ絢爛なる南蛮屏風の賑わいの中

羊皮紙の地図捲《めく》れゆくにっぽんの湿度のような迫害なりき

信仰という卵美しその殻はいと脆くして天上の青

大理石模様も暗緑色もあり鳥卵に見る造化の妙は

ひそやかに卵を巣から盗むもの鳥卵学は英国育ち

永遠に孵らぬ夢の幾千か博物館の卵標本

青く小さき卵なるべしわが地球オゾンの薄き殻に守られ

花の色

春は鯨　大潮の夜ぽっかりとかすてら色の月が上れば
あやかしと人との恋の物語あなた死ぬこと泣けて泣けて

花の色も恋も移ろうばかりなり砂漠に井戸を掘りたしわれは

芽吹くとき木はくすぐったいか百年に一度花咲く歓喜思えり

春の耳しずかに空へ向けるとき極地の氷また崩落す

幾千の鳥を眠らせ立つ一樹そのようにあなた抱きたい夕べ

遠き鯨影

白ワイン合うか合わぬかさらしくじら冷酒と共に食う走り梅雨

万太郎の健啖羨《とも》し卵黄のごときアンズを傘雨忌に煮て

そら豆の莢を剝くとき薬莢のまだ見ぬ軽さてのひらにあり

薬莢を拾うことなき一生と思えばいよよ遠き鯨影

六月の鯨うつくし墨色の大きなる背を雨にけぶらせ

営々と商業捕鯨は続けられ小さき鯨を海に追うなり

鯨油求め日本海までやってきた米国捕鯨の歴史もありぬ

食うものと食われるものの美しき戦いなりき勇魚《いさな》とりとは

海に棲むものらはノアの手を借りず大洪水をやり過ごしたり

海の牧者《シー・シェパード》　守らんとする傲岸を彼ら笑えば大波となる

角笛が遠く聞こえる食べもせぬキツネを狩っていた奴らだよ

ちりちりと燃える鯨油の傍らで水夫の語り出す冒険譚

鯨類の群舞愛でつつ着々と進められたるカンガルー駆除

眠らされ安楽死するカンガルー夢の中なる草原の雨

アボリジニの女は祈るカンガルージャーキーを犬がひしと噛むとき

白鯨の潜む海域知らぬまま大海原を人は抱けり

憎しみの逆巻く夜は遠洋に白き鯨が身を捩らせる

水盤にみっしりホテイアオイ浮く観賞魚店の暗き軒先

観賞用鯨飼いたしふたつ三つ丼鉢にあおく泳がせ

鯨幾千飴煮にすれば楽しからんガルガンチュアの豪奢なる餐

食うがよい私の耳を目を鼻を巨き鯨として地球在り

雨意満ちてざわめく庭にレモングラスさみどりの葉をついと伸ばせり

三十八億年続く葬列の最後に従《つ》きてわれら生きおり

穀物を食わぬ鯨を食うことも奨励されん二十一世紀

わが胸に雨ふりやまぬ湿地あり地衣類厚く木々を覆えり

時かけて獣肉煮込む昼下がり名前をもたぬ女のように

日に三度兆すかなしみ闇いくつ呑みて鯨となるわたくしか

モーニングセット一人で食べている老後美し薄化粧して

身ほとりにとどまる淡き柑橘の香のある限りわれは装う

人のかたち解かれるときにあおあおとわが魂は深呼吸せん

南島紀行

南から風が吹くとき八重山に夏が来るなり祝祭のごと

来歴を知れば歩けぬ道もある南島の隠す深き傷跡

島みかん島とうがらし小ぶりなる島の恵みの香り高かり

島人の注文に耳そばだてる「しまぁ」というは泡盛のこと

イラブチャー・グルクン・アバサー覚えたる魚の名ふえて島が近づく

トビハゼをトントンミーと呼ぶ島の弾むこころを圧せし力

ワジワジー《不愉快だー》と沖縄ことば《ウチナーグチ》をつぶやきぬ会社のことは皆ワジワジー

降るような星空の下わたくしが今度生まれる島はあるらん

II

耐用年数

蛇行する島の時間の遠くあり電車の中を歩く人々

人に触れ身を引くときに側線はひりりと圧を感ずるところ

うずら豆ふくふく煮たし休日も号外配りに駆り出されおり

雨の午後にアイロンかける平らかなこころ愛せり昇進よりも

書き直し命ずる冬の曇天よこの配役は違うと思う

直属の女性上司のためならば忍び難きを忍ぶわたくし

ニット帽に耳を隠して街ゆけば耳安堵せり誰も誰も見ず

ぶどうパンと信じて齧る一塊にぶどうなかりしような夕暮れ

だましだまし十年使うストーブがけさ盛大に白煙吐きぬ

どんよりと白色レグホンまどろみぬ勤続二十年の春泥

耐用年数二十年とは思わねど探傷検査すべきわたくし

ああ何か油まみれになりたくてペンネ・アラビアータの山崩す

確かめておきたきことを数えつつ深夜に開く労働協約

赤黒くべとつくものが壜に満つジャムでないとは誰も言えまい

出立

中村屋のカリーやさしき春の日に独立前のインド思えり

かつて一度も植民されることなくて西欧幻想美しきまま

女という植民地得て活気づく暗き野望を男気と呼ぶ

耳もたず繊毛あまたほよほよと春の日差しにそよがせたきを

なつかしのメロディーだけが集団を熱く束ねる送別会よ

「思い出は美しすぎて」と歌うときああ嘘つきのわたくしである

記者らしくないと言われて二十年とうとう最後まで変わらざり

人の話を聞きつつメモをとる癖はまだしばらくは直らぬと思う

会社勤めをしたことのない善き人がわが退職を最も惜しむ

パンプスもスーツも処分する五月わが総身に新緑は満つ

しりしりー

島豆腐にわれはなりたし渾然とチャンプルーになるまでの快

エタノールに車走らす原油高ざわわとサトウキビは揺れおり

ダイビング機材一式去年より重くなりけり一年老いたり

海神の遊びごころの放埓さ南の魚の紋様無限

夜の島をドライブすれば濃き闇がどろりと道路脇から流れる

細切りのニンジン炒めしりしりーと島人は語尾やわらかく呼ぶ

樹種多き島の地質を語るとき植物学者の生き生きとせり

青きパジャマ裏返し寝る夏のよる夢に会いたい人ひとりある

断崖に向かって走れ下は海　波照間テルマわたしはルイーズ

昆虫記

昆虫の飛行研究する人に恋せし夏の蟬多かりき

獄中の大杉栄を慰めし昆虫記そこに光はあふれ

スカラベの観察記いと仔細にてファーブル夫人の孤独思えり

人間に六肢なきこと思いつつ妻抱く夜もありけん彼に

昆虫の小さき脳の為す善よ肥大せしヒトの放恣なる脳

微小なる脳もて築く蜂の巣に琥珀のような蜜は滴る

古生代の巨大トンボの飛ぶ空の酸素濃度の高かりしこと

ファーブルは教師生活全うし九十一まで虫を眺めき

母は所詮さみしき運河ファーブルの息子も昆虫学者なりけり

聖餐

やわらかきたてがみならん疾駆する夢をもう見ぬ種牡馬というは

美しき近親の馬競わせてヒトは興じる日曜の午後

出産年齢ぎりぎりとなる苦しさに夢の中なる繁殖牝馬

馬ゲノム解読進む冬ざれにヤフーの一人なる痛みあり

聖餐のパンが次々ちぎられてトムソンガゼルがどうと倒れる

小心のヌーなりわれは駆け出した群れの真中に誰か裏切る

見つめ合うまなことまなこ円陣は仔象を守る全きかたち

ときに象は深く悲しみ立ち尽くす耳はたはたと風に揺らして

夜ごと私の扉を叩くハイエナよお前もわたしも骨付き肉だ

腑分けする最後の臓の豊けさをかつて暗黒大陸と呼び

シベリア抑留　――石原吉郎へ捧ぐ――

俘虜死せし幾万人の奪い合う薄きスープに似た海の色

ラーゲリにて

人間の皮はたやすく剝《は》げることやさしい人から死んでゆくこと

ロシナンテそのやわらかき名を愛し詩人は飢えに耐えたのだろう

焼きたてのパンを求めて並ぶとき「私を踏め」という声がする

そこにあなたの悲しみあらん語られぬ闇の最も深きところに

Ⅲ

大女伝説

昔語りぽおんと楽し大きなる女が夫を負うて働く

雨降れば大女ひょいと石臼を笠の代わりに被るかわゆさ

大女の泣き方いよよ激しかり白雨走りて深山けぶる

濁りやすき水を湛えて揺れているからだなりいつも水をこぼして

ネアンデルタールの弔い思いつつ献花見ている午後うす寒し

腐乱せり白骨化せりゆっくりと死を確かめる殯《もがり》の儀式

土に還る幸もあれかし世界一火葬の多き国なり日本

果樹園の土になりたし白き花ほよと咲かせる林檎の園の

蜜蜂は誰にも見られず死んでゆく人の葬儀は顔見世に似る

養蜂家ゆくえの知れぬ蜂を追い旅立つ朝の高原の露

労働を知らぬ若き手美しく悠々閑々爪もアートなり

難病指定すべき豊かさ　にっぽんの子どもに薄き自尊感情

ビッグイシュー高く掲げて立つときに人の視線は凶器ともなる

無差別というぬばたまの闇深し先進国の病巣として

大きなる馬鈴薯ここがアメリカと思うあたりを深く抉りぬ

買わぬのも買うのもこころ痛きこと授産施設のクッキー不味し

満ち足りてわれは罪びと次の世は飢えて売られて殺さるるべし

胸郭は大き藍甕《あいがめ》夏草を刈りたる後の闇潜むなり

異種移植に最も適するものとして豚ありインフルエンザもうつる

原罪は内腑に宿る豚の耳ほそく刻みてぬめる指先

須賀敦子全集を読む喜びよ青き器に水満たすごと

今日われは羊を連れて出かけたし笛高らかに野に響かせて

半丁の豆腐を分かつ夏の夜は終章はじまるようなさみしさ

兄という親愛に恋は流れ着き寝起きの鼻をつままれている

風待ちてぼんやり立てば肺葉に睡蓮ひらく夏の午後なり

長き箸もてあなたを拾う日を思う家族になるということ無惨

草いきれ　書経まがまがしく記す鼻切りの刑・皆既日食

誰も見ぬ皆既日食　海面に魚集まりて右往左往するか

夏野菜たっぷり夏の水を湛え赤ん坊はこんな重みだったよ

火焔樹のあかき紅き花人の子を抱くとき胸のざわざわとせり

マンゴーのやわき果肉にしずめたき指の奸悪なだめきれぬ夜

草食竜の卵の紅さか南島の光あつめてマンゴー実る

紅ければ紅きほどよきマンゴーの等級分ける人の手の業

県民所得最低なればマンゴーのよき実は島の外へ運ばる

君を産んでごめんねごめんねわたくしの骨を見る日の雑務多からん

いつ死んでもいいような夏の茜空こころ濡らして恋せよ息子

草の実は地に落ちつづけネットには無数に増殖する物語

美しい青い星ってどこですか宇宙を漂流する子どもたち

絶え間なく攪拌されてわたしたち重きも軽きもわからなくなる

ガイアとは大地の女神ゆたかなる最終兵器彼女の慈愛

サバイバル・ゲームの武器は一つだけ夢みる力／夢みない力

凡百の窓ひらかれて一斉に自分語りを始める世界

「明るい未来バーガー」ですね　物語とポテトも一緒にお付けしますか

持ち主をなくした靴の幾千が眠る真夏の青き渓谷

物語から逃れるという物語　女よ靴を脱ぎ捨てなさい

大女死すごと大き物語死して世界は荒涼とせり

Ⅳ

月と女

月の支配を逃れる日やや近づかんジョギングシューズの軽きを選ぶ

お客さんと呼ぶ習わしの可笑しかり毎月律義に来るお客さん

近頃は滞在期間みじかくてわが客人《まろうど》も若くはあらぬ

生理休暇一度も取らず終わりたる会社の日々の痛み思えり

ワーキングガールの愛と勇気うたう広瀬香美の短髪ぞよき

結婚も出産もなき全き愛ＢＬ《ボーイズラブ》コミックを少女好めり

フェミニズムと名づけぬままに愛すべし広瀬香美も三浦しをんも

観月の宴に女ら集められ歌と美貌を競う残酷

いつまでも乳房あること苦しかり地平に沈む日輪の紅

中国の月探査機の名は嫦娥《チャンア》霊薬盗みし仙女なりけり

永遠に続く月経　不老不死の霊薬飲みし嫦娥の嘆き

羽振りよき中国の若き富豪らを「月光族」と呼ぶなり　干杯！

月周回衛星「かぐや」の映し出すアポロ見ざりし月の裏側

きなくさき時代の有人探査機よ太陽神のアポロは男

笑み交わす嫦娥とかぐや二人して地球の重力より逃れ来て

国家的プロジェクト名に美女並び莞爾と笑むを平和と呼びたし

終わりなき支配欲なりアメリカも日本も批准せぬ月協定

妹と思う弦月あお白く月の起源のわからぬもよし

閑寂と月面しろく冴え渡り地球見の宴たけなわならん

王室の午後の紅茶は苦かりき月の女神の異名ダイアナ

閉経は作用点すこし動くこと力まかせに押さぬ知恵もて

ああ運河われ分かたれて流れゆく出会いかなわぬもの多くして

島ひとつ産みたし小さき川流れ海へと注ぐ湾ひとつあれ

目覚めてもかなしき朝よ悉く歯の抜け落ちる夢をよく見る

一斉に口腔くらくひらかれてマタイ受難の合唱はじまる

二百体の埴輪の並ぶ静けさを二百の口が開きて破る

口という穴の暗さよ貪りと嘘にまみれて歌うかなしさ

わたくしの岬に深き穴ありて冷たい風を吹き上げており

目的を知らされぬまま穴を掘るそんな仕事も会社にありき

火の怒り放つ男の抱擁に水の怒りをもて返しやる

花殻はどんどん摘まねばだめと言う手紙を捨てるようにあなたは

チューリップあっけらかんと明るくてごはんを食べるだけの恋ある

風吹かぬ午後の中庭わたくしの葉裏みっしり胞子が覆う

粘菌図鑑

ああ人はいやだと思う水無月の粘菌図鑑に原色多し

一時間の取材が二万円の記事になるこの簡潔を尊しと思う

末端のライターとして書くときに編集部かくも遠き城なり

雨音の一つひとつに穿たれて釉薬ながれやまぬ壺われ

裏紙に筆算すればわたくしの昭和ほっとり指に灯るか

野心だけが支えであった　精緻なる野口英世の細胞スケッチ

小津映画とおき清さと見ておれば昔の女はほほと笑えり

フリーランスの名刺を持ちて取材する他流試合のごとき興奮

サツ回りまたやりたしと話しつつ泥鰌を食らう女友達

夏沼

みっしりと詰め込まれたる耳あまた載せてしずかな通勤電車

夏沼は昔語りをするようにふつふつ小さき泡を吐きおり

こどもの時間どこかに落ちていませんかさみしくて買うミルクキャラメル

初恋という知恵の輪のようなものあなたに見せぬ抽斗の底

戦争は終わらないのねソックスの畳み方さえ同じでなくて

煮えたぎる鍋をかき混ぜ繰り返す「きれいな兵器きたない兵器」

日用の糧を求める主の祈り夕餉の贅は糧の域を超ゆ

野良猫に餌をやるのもユニセフに寄金するのも少しわろきこと

雨の日のこどもはいいなあ長靴をすぽんと脱いで一日終わる

ものの影濃き夏の夕ふるき手紙焚いて君との暮らし始めん

おばあさんになるのは少し透明なこころが増えることです多分

月を待つ

面構えよき女たち下請けの下請けの編集部に働く

誇らかに書くべし創刊三号で終刊となる雑誌の記事も

ペペロミアの肉厚の葉の強さもて派遣社員はベーグル齧る

キャスターは恥ずかしげもなく敬いぬ「非正規雇用の方々」などと

ネズミたち船から逃げて開かれたままの転職サイトの画面

円熟という痛みかなじんましん噴き出る夜のジュンパ・ラヒリは

チューリップ狂時代末期の球根の転がるような株価暴落

蒟蒻をちぎりておれば手指とは酷なることに適う器用さ

こんな男いじめてみたし旅に読む堀江敏幸はんなりとして

畳の上にどんどん本が積まれゆく収拾つかぬ中年の時間

『富士日記』の天衣無縫の羨しかりむりむりと何か食べたくなりぬ

君という全集惜しくも欠けており美本なるべし二十代の巻

「経年のシミ汚れあり。状態はまずまず良好」われという本

捩じ伏せるような性愛の歌読みてこの半日を不愉快に過ごす

風に舞う花粉の力ほとほとイチョウの雌木の落とす悔しみ

秋天は底なしの沼ポケット版鳥類図鑑も沈みておらん

つくづくと君男なりいち早くカワセミ見つける動体視力

遠出すれば必ず花を買う男年々歳々われがさつなり

貝のような子どもだったか感情を込めてピアノを弾かざりしかな

ドロップスは日向のにおい入念にけばだつ紙を剝がす指先

弾かれて教室の隅に本を読む静けきこころ鳥に似ていた

わが秋の終わり近かり満腔の卵を抱えて魚は遡上す

磔刑のイエスの腕の形して交互に排卵する面白さ

月を待つ二十三夜に魚一尾跳ねたるような鈍痛ありぬ

わが身より最後の卵の放たれるその日を知らず死の日も知らず

二十二世紀見ることはなしわたくしの時間吸わせて甘藷煮ており

晶子様　御許へ

ブルーベリー煮詰めゆくとき晶子顕つ臙脂紫うつくしきかな

白百合は香を放ちつつ揺れており添わぬが勝ちという恋もある

巴里へ発つ心躍りよ亜米利加が一等国にあらざりし頃

花売りにならまし巴里の空の下夫が再び恋人となる

黒釉の光沢著《しる》きよき甕にそと蔵うべし昔の恋は

ほそく細く糸たぐらんと抱かれる女心をゆめ責めますな

真白なる翼隠して重荷引く天馬の痛み晶子の嗟嘆

ゆずられし紅き花なり陣痛の極み男を憎むこころは

産の恐怖よみがえり動悸する夜あり蟻酸の匂う手より逃れて

竹皮に羊羹包む手さばきに子らの着替えを急かしし母か

因循の香と思えども平らかになりゆくこころ小豆を煮れば

と思いて書き留めぬままの歌いくつ子の泣き声に紛れたりしか

こんな地味なスーツ晶子は嫌うべし外出前にしばし迷いぬ

スターバックス原稿書きによけれども禁煙なれば晶子に薦めず

大きなるジョッキ傾けビール飲む晶子なりしよ髙島屋にて

家族らと食卓囲むひとときも詩は降りそそぎ無口なりし母

文化学院に朗笑したる晶子かな妻でも母でもなき気安さに

乾く間もなく濡れそぼつ岩ひとつ母は抱きぬ里子にやりて

早春の光うれしく佐保姫の名を付けし子の胸さむかりき

誇り高く意志強きこと母に似て三女佐保子は籍を抜きたり

勢揃いせぬまま欠けるさみしさよ美《は》しき名をもつ十一人の子ら

産み産みて疲れし晶子舐めるようにひとり子太郎を愛せしかの子

ああわれの太郎は人に育てられ電話の声も野太くなりぬ

かの子かの子栗饅頭は死を孕むこと知らざりし童女のあかるさ

花散らす微かなる風むねの清水さざめくときに歌は生まれる

木の詩魂ガラスの詩魂天翔る木靴のごとき晶子の詩魂

瘦身の寛豊満なる晶子面差し相似る晩年なりき

そのひとの魂はいま安からん人語きこえぬほとりに立ちて

V

コロボックル

家の中にちさき人あまた潜むなり隠されてゆく小さき品々

ちさきひと真夜にせっせと働きて箸置ひとつまたなくなりぬ

おんおんと泣きたくなりぬよく物を失くす人だと君に言われて

婚はなべて履き古された靴に似て不恰好なるがゆえに尊し

こっそりと夜中に飴を舐めている孤児院の孤児のようなさみしさ

歌を詠む母詠まぬ母詠むわれは手放しという愛し方をせず

コロボックルが畳の上から眺めれば墳墓のごときわが乳房ならん

皆がもう待っております大きなる白磁の壺にいざ飛び込まん

壺のなか鳥も獣も集められ水注がれるときを待つなり

外は随分さわがしいこと酌み交わし壺天見上げて楽しきわれら

月も真裸

総身に夜気を纏いて立つときに魂ほうと息ふき返す

粘性の闇満ちてくる公園に月も真裸われも真裸

裸身とは悲しくいびつなる器ロートレックの筆致酷なり

草上の昼餐にひとり裸なる女のような白き栄辱

人の目は衣服に刺さり身に刺さり着衣のマハも裸なるかな

むきだしの魂淡く明るみぬ片岡球子晩年の裸婦

裸婦像を見飽きて仰ぐ青空に雲ふくふくと淡き乳いろ

最大の臓器なる皮膚守らんと人は貧しく布をまとえり

アルプスをゆく喜びに一枚ずつ服を脱ぎ捨てハイジ笑えり

極東の隅に裸で横たわる国なることの幸いなるかな

飛来する敵機聴き分けあの夏の絶対音感かなしかりけり

飢えて死ぬ子らの葬列犬用のビスケット焼かれ続けるライン

アフリカのかわいい子ども連れ帰る養子という名のドレスのように

王様は裸なるべし株式の乱高下にも恬淡として

人はみな記憶せり寒き世に生まれ裸で泣いていた一日目

裁くことわれは畏れる一人ずつ鞭渡されて人打つ制度を

雁首という語なつかし世話物のおかみ煙管をたんと打ちつけ

顔写真を雁首と呼ぶ習わしも廃れて記者は行儀よくなる

かごめかごめコンクラーヴェの輪の中に入れてもらえぬ女の子たち

傲岸なる王の戯れ耳つきの壺の耳もつときに思えり

夕映えに染まる羊を追い立ててパウロ・コエーリョ平原の夢

一心に笛吹く夜もみなそこに眠るものらを起こさぬように

累々と子をもつことのさみしさよ数万のイヴ解雇されたり

宵闇の迫る水辺に立つなかれ鹿の時間が近づいてくる

あなたへと流れるわたしより深くより豊かなる水にならんと

真珠考

白き弧を描く離島の小さき湾黒真珠育つ北限として

バロックは歪《いびつ》な真珠　耐えかねる痛みもありて貝はよじれる

苦しみを巻き緊めて丸き珠となす黒蝶貝の育つ湾あり

体内に異物受け容れ吐き出せぬ沖縄という貝の抱く闇

占領下時代の島々縦横に渡りしナッコの眉太かりき

身を飾ることなく無口なりし人　密貿易の女王ナツコは

東洋の不思議なる珠　momme《もんめ》とは真珠を量る国際単位

フェルメールの女は真珠「健康」という誕生石の言葉思えり

一心にミルクを注ぐ幸いよ永遠はその静けき角度

フェルメールのパン密なれどバタつけぬままに農婦は咀嚼するらん

少しずつ不満を語り出す君とちゃんぷるーつつく島料理店

島豆腐どっしり甘し来るものを拒まぬ淡きたまご色して

外来の動植物は大きくて島の小さき種を脅かす

毒をもつオオヒキガエル島に増えあめりかーのようにしぶとし

原産はアメリカ大陸害虫を食うよきものとして運ばれき

何を挽く水車か君の胸深く流れる川のほとりに立ちぬ

愛の真偽確かめるごと擦るとき模造真珠はつるつるとせり

遠くで鹿が

オレンジの切り口あかるき朝の卓遠くで鹿が角を切られる

夏が過ぎても語り続けよかわいそうな象のおはなしプラハ演説

濡れそぼつけものの耳を思う夜の時雨静けき十月の森

もし神が象のかたちであったなら川辺に憩うわが大き影

海を渡る霧笛の響き幾重にも折りたたまれて耳の記憶は

目の記憶耳の記憶とたどり来て腕の記憶と思えり子ども

エマニュエル・パユという名のやわらかさ笛吹くときの唇に似て

半過去のかたちさみしきフランス語シャンソン習う友が増えゆく

ゴーギャンのタヒチ八雲の松江ありてまだ見ぬ島を恋う昼下がり

勝ちたがるこころ幾万育てても来ないであろうパクス・ジャポニカ

丸木橋渡ってしまえば楽になる　川原の石はつるりと言うが

風狂こそ世界を救う生態学《エコロジー》を最初に唱えし南方熊楠

晩婚の熊楠の破顔思わせるパスタランチの茸とりどり

精神を深く病みたる子を看取り熊楠の破天荒終わりけり

美化される昭和危うき夕日かなまだ回覧板というものがある

常温で融解してゆく生キャラメル怒ることなき日本の若者

都市伝説いくつ残るか皇居にも防空壕がありしことなど

一億総火の玉のごとき剣呑に地上デジタル放送来る

秋霖に抒情の湿る口惜しさは復刻版の『水葬物語』

明日また食器を汚し服を汚し世界を汚してわれは死にゆく

慰めは秋の七草　友愛数　カレン・カーペンターの歌声

立ったまま眠るけもののかなしみと流れる雲のあてどのなさと

書庫

告解はまだなのですか　修道女に似た司書のいる県立図書館

三重吉の野心思えば「赤い鳥」の創刊の辞も美しからず

ちよちよと文鳥啼きぬ三重吉は小鳥のような女好みき

石牢の底冷え足に迫りくる黒岩涙香訳『鉄仮面』

セドリックの母の気品よ『小公子』訳せし頃の若松賤子

次々に熟柿の落ちる口惜しさ明治の才女はみな早く死ぬ

泣く男増えてスポーツ紙を飾るかの子の好みそうな柔弱

ジェンダー論安けく眠れ近松の男らよよと泣くうるわしさ

メロスを走らせセリヌンティウスを捕縛せし王の孤独を子らは知り得ず

夢の器

白寿とは魂しろく透きとおる年齢なるか　あと半世紀

冬ざれの牧に吹く風激しかれ馬は聖者のごとき貌して

羽ばたきに風に無数の弧は描かれやすらうことのなき湖面なり

オニバスは表裏に棘を尖らせて誰も誰も信じぬと言う

湖の真中に小さき島ありてみにくき禽《とり》を一羽棲まわす

われという孤島に誰か流れ来よ牧師夫人の読む漂流記

タヒチ語の「チチ」も乳房を指すことの遠き輝き　あはれノア・ノア

乳頭のごとき蕊もつルドベキア花を創りたまいしさびしさ

とりのねむりけもののねむりあさきゆめみつつはてゆくこのよのねむり

一炊の夢といえどもわが鍋にかぐろきもののまだ煮えており

黄落ののちの静けさ人も木も捨てきれぬとき苦しみ続く

触手もて触手数える愉しさはバージェス頁岩の中なる眠り

夢幻より生まれしものと名づけられハルキゲニアはそと縮こまる

長き休止に菌糸は育つ楽想とキノコ愛せしジョン・ケージかな

夢想はた菌糸伸びゆく春の闇たれかわたしのぬかにふれたか

うすれゆく恋の記憶のせつなかり古地図のなかの地名のように

記憶とは愛なり記憶なくしたる世界の暗き混濁思う

袋菓子抱えて一人しゃがみ込む百歳のわれ施設の庭に

もう誰も私を名前で呼ばぬからエリザベスだということにする

チョコレートで書かれた「百歳おめでとう」ケーキにずぶと指を突き刺す

人間の長く織り成すタピストリー名を持たぬように殺され続け

雲の上にネットワークも天国もひしめき合えり雲は重たし

ひた走る夢亡き人に出会う夢哀楽ふかく身に潜むなり

夢を見る体力残る百歳なれ明け方ひしと抱かれるような

傾けて傾けてもう滴らぬ夢の器か人の終わりは

かたちあるもののはかなさ最後まで忘れぬ名前があなたであれば

もの の名前みんな忘れて立つときにああ美しき世界の夕暮れ

北へ帰る最後の一羽飛び立てばわがみずうみの安からんこと

死後の私のつめたき皮膚よ乱暴に看護師（たぶん女）が拭う

あとがき

「大女」の話を聞いたのは、群馬県・猿ヶ京を訪ねた折のことである。夫より体格がよくて力も強く、毎朝小さな夫をおぶい二人して畑へ出かけたという話、また、雨が降ると、笠をかぶるように石臼をひょいと頭にかざしたという話……。おおらかな大女は地母神を思わせ、私はとても愉快な気分になった。そして、サリンジャーの『フラニーとゾーイー』に出てくる「太ったおばさま（fat lady）」や、フェデリコ・フェリーニの「8½」に登場する大女、サラギーナの踊る姿、また、ニキ・ド・サンファルの色彩豊かで巨きな女性のオブジェ「ナナ」シリーズを思い出し、さまざまなイメージをかきたてられた。

世界から「大きな物語」が失われたといわれて久しい。人々が共有できる思想や夢が拡散してしまったというのである。短歌は小さな詩型だが、物語を内包する力をもつ。歌によって何か物語を紡ぐことができれば、という思いを強くしている。

二〇〇八年三月から「短歌研究」で、三十首の連作を八回にわたって連載する機会を得た。本当に大きな幸運だったと思う。第二歌集『鳥女』を上梓した翌春に会社を辞め、自分の歌柄を大きくしたいと願っている時期であった。それまで、走りながら書きつけるように歌を作ってきたので、少しでも深いところまで降りてゆけるよう、毎回苦しみつつ言葉を探った。この歌集は、「短歌研究」に掲載されたものを中心に、ほぼ四年間の作品をまとめた。

連載二回目の「遠き鯨影」で第四十五回短歌研究賞を受賞したことは、喜びよりも戸惑いを感じるほど思いがけなかった。馬場あき子先生、岩田正先生から受けた数え切れない教えに、深く感謝するばかりである。また、「かりん」の仲間の支えと励ましなしには、自分がここまで来られなかったことも思う。そのことを胸に、今後も一歩一歩進んでゆきたい。

二〇一〇年如月

松村由利子

検印
省略

かりん叢書第二三三篇

二〇一〇年五月十一日　印刷発行

歌集
大女伝説《おおおんなでんせつ》

定価　本体　二五〇〇円
（税別）

著　者　松村由利子《まつむらゆりこ》

発行者　堀山和子

発行所　短歌研究社

郵便番号一一二―〇〇一三
東京都文京区音羽一―一七―一四　音羽YKビル
電話〇三（三九四四）四八二二・四八三三
振替〇〇一九〇―九―二四三七五番

印刷者　豊国印刷
製本者　牧　製　本

落丁本・乱丁本はお取替えいたします。
ISBN 978-4-86272-199-0 C0092 ¥2500E

短歌研究社　出版目録

＊価格は本体価格（税別）です。

歌集	曳舟	吉川宏志著	A5判	一六八頁	二五七一円	〒二九〇円
歌集	夏羽	梅内美華子著	A5判	二二四頁	三〇〇〇円	〒二九〇円
歌集	赦免の渚	石本隆一著	A5判	二〇八頁	三〇〇〇円	〒二九〇円
歌集	巌のちから	阿木津英著	四六判	一九二頁	二六六七円	〒二九〇円
歌集	天籟	玉井清弘著	A5判	二〇八頁	三〇〇〇円	〒二九〇円
歌集	雨の日の回顧展	加藤治郎著	A5判	二〇八頁	三〇〇〇円	〒二九〇円
歌集	睡蓮記	日高堯子著	A5判	一七六頁	三〇〇〇円	〒二九〇円
歌集	卯月みなづき	武田弘之著	四六判	一七六頁	二六六七円	〒二九〇円
歌集	世界をのぞむ家	三枝昂之著	四六判	二二四頁	三〇〇〇円	〒二九〇円
歌集	ジャダ	藤原龍一郎著	A5判	二〇〇頁	三〇〇〇円	〒二九〇円
歌集	明媚な闇	尾崎まゆみ著	四六判	一七六頁	二六六七円	〒二九〇円
文庫本	大西民子歌集（増補『風の曼陀羅』）	大西民子著		二一六頁	一七九六円	〒二一〇円
文庫本	馬場あき子歌集	馬場あき子著		一七六頁	一二〇〇円	〒二一〇円
文庫本	島田修二歌集（増補『行路』）	島田修二著		二四八頁	一七一四円	〒二一〇円
文庫本	塚本邦雄歌集	塚本邦雄著		二〇八頁	一七四八円	〒二一〇円
文庫本	上田三四二全歌集	上田三四二著		三八四頁	二七一八円	〒二一〇円
文庫本	春日井建歌集	春日井建著		一八四頁	一九〇五円	〒二一〇円
文庫本	佐佐木幸綱歌集	佐佐木幸綱著		二〇八頁	一九〇五円	〒二一〇円
文庫本	高野公彦歌集	高野公彦著		一九二頁	一九〇五円	〒二一〇円
文庫本	続馬場あき子歌集	馬場あき子著		一九二頁	一九〇五円	〒二一〇円
文庫本	前登志夫歌集	前登志夫著		二〇八頁	一九〇五円	〒二一〇円